1893

L'OPPORTUNISME

OU

LE NOUVEAU RÉGIME FÉODAL

PAR

LUCIEN IMBARD

Chevalier de la Légion d'Honneur

✳

Prix : 40 centimes

Reproduction interdite

DIGNE

Imprimerie Commerciale et Administrative F. GIRAUD

—

1893

1893

L'OPPORTUNISME

OU

LE NOUVEAU RÉGIME FÉODAL

PAR

LUCIEN IMBARD

Chevalier de la Légion d'Honneur

Prix : 40 centimes

Reproduction interdite

DIGNE

Imprimerie Commerciale et Administrative F. GIRAUD

1893

AUX BAS-ALPINS,

Mes Chers Compatriotes,

C'est pour contribuer au triomphe de la Justice et de la Liberté dans la République que' j'ai écrit le Nouveau Régime Féodal.

Vous me connaissez. Je sors des entrailles du peuple, mon père était un simple gendarme ; ma famille n'est point riche, mais elle compte plus de trois cents ans d'existence dans les Alpes, et le nom que je porte fièrement n'a jamais été souillé : c'est une fortune.

Enfant du peuple j'ai souffert et je souffre encore des misères du peuple auquel j'appartiens corps et âme.

J'aime le peuple parce que je le connais bon, patient et doux; mon âme libre aime la République parce que ce mot implique une idée de Liberté et de Justice.

Bas-Alpin, j'aime nos montagnes parce qu'elles me rappellent les plus belles années de ma jeunesse ; chrétien baptisé, j'aime la religion dans laquelle mes ancêtres ont vécu, dans laquelle je vis sans fanatisme, et dans laquelle je mourrai : « Honni soit qui mal y voit. »

Ayant sous les yeux l'image de la Patrie menacée par la triple ou quadruple alliance ; la République absorbée par l'énorme Pieuvre qui porte le nom d'opportunisme et nos Alpes envahies par des étrangers — opportunistes, anglais, juifs-allemands et franc-maçons — mon âme libre a été indignée, et je suis entré dans la lutte.

Je suis entré dans la lutte comme républicain, comme patriote bas-alpin et comme chrétien.

Je suis entré dans la lutte bien décidé à chasser les étrangers, bien décidé à rendre la République républicaine par l'écrasement de la pieuvre opportuniste. A cet effet, j'emploierai toutes mes facultés et le restant de mes forces, heureux si je puis contribuer à rendre la Patrie Française aux patriotes français et à tous, comme le veut la Liberté, le droit d'aller à la messe aussi librement qu'au prêche ou à la synagogue.

Le Nouveau Régime Féodal *n'a qu'un but : faire comprendre en le démontrant, que* **la France et la République n'ont point de pires ennemis que les Juifs, les Opportunistes et les Franc-maçons.**

Lucien IMBARD,

Capitaine en retraite, Chevalier de la Légion d'Honneur,
Membre de plusieurs Syndicats agricoles.

1893

—

NOUVEAU RÉGIME FÉODAL

———

I

Trois campagnes électorales successives m'ont prouvé d'une façon claire, nette et précise, l'existence d'une puissance nouvelle introduite par l'opportunisme dans la candidature officielle. Les mœurs électorales qui ont pris naissance dans cette organisation sont dissolues; non seulement elles veulent que chacun se place du côté des faveurs, « *d'òou biaï d'òou manché* (1) », mais encore elles font du bulletin de vote une marchandise.

Etonnerai-je un seul électeur de bonne foi en disant que le député de Digne doit ses succès électoraux d'une part à la crainte et de l'autre à la corruption ?

L'homme-admirateur des Ferry, des Constans et des Rouvier, souteneurs éhontés de la thèse cynique du gouvernement par la corruption;

———

(1) Expression textuelle d'un Conseiller général.

l'homme dont le B. père, son oncle paternel, a détourné les deniers de l'épargne du pauvre pour son propre compte et pour les besoins de la politique de son gendre. M. Joseph Reinach enfin, n'est-il pas le maître absolu dans l'arrondissement de Digne, de tout le personnel salarié par l'Etat ?

N'est-ce pas lui qui fait faire toutes les nominations, toutes les révocations, tous les déplacements ? N'est-ce point par lui encore que se distribuent les faveurs, les rubans rouges, verts ou violets; que s'accordent les bureaux de tabac, les Recettes buralistes, etc., etc. ?

C'est lui, M. Reinach, qui a transformé en Serfs du Fief dont l'opportunisme l'a fait Seigneur, les agents de toutes les branches de l'administration, les fonctionnaires de robe ou d'épée et jusques aux prêtres !

Les fonctionnaires, les employés, aussi bien que les prêtres, tous souffrent de cet état; ils en sont malheureux, très malheureux, et nous devrions bien plus les plaindre que les blâmer. Il ne leur suffit pas, en effet, de voter pour un étranger, pour un juif qu'ils exècrent et qu'ils méprisent du fond de leur âme libre, mais ils doivent encore, par tous les moyens, quels qu'ils soient, *assurer l'élection du candidat officiel que l'opportunisme impose*, sous peine de se voir enlever le morceau de pain que l'enfant leur demande.

Si je considère ensuite le peuple des campagnes,

travailleurs infatigables, formant la grande masse des électeurs, que vois-je ?

Dans l'arrondissement de Digne, comme dans les autres arrondissements, comme partout en France, je vois, par l'abandon de l'agriculture, une masse de petits propriétaires écrasés d'impôts, une masse besoigneuse et souffreteuse, une foule d'êtres vivant au jour le jour des produits qu'ils arrachent péniblement à un sol aride et ingrat, des êtres affamés, chétifs et maigres, demandant au service du reboisement, aux ponts et chaussées, aux postes et télégraphes, etc., l'infime salaire qui doit assurer l'existence de leur femme et de leurs enfants. Ces malheureux ne recevront du travail que s'ils s'engagent à mettre dans l'urne électorale le nom du candidat officiel et ils auront à souffrir encore tous les caprices des agents de ces diverses branches de l'administration !

Sur un pareil terrain électoral, le suffrage universel est dans l'esclavage. Les électeurs sont devenus les Serfs d'un Seigneur, *hault et puissant*, qui porte le nom de Député opportuniste. En effet, aujourd'hui comme autrefois, le Seigneur, le député a ses vassaux; ce sont :

Le Préfet et les Sous-Préfets;

L'Ingénieur en chef;

Le Directeur des postes et télégraphes;

Les Directeurs des Contributions directes et indirectes;

Le Trésorier-payeur général ;

Le Directeur de l'enregistrement ;

Le Conservateur des forêts ;

L'Ingénieur des chemins de fer ;

Le Directeur de la Banque ;

Les Conseillers généraux (1) ;

Les Conseillers d'arrondissement (2), les maires et quelquefois aussi : le chef du diocèse !

Ces vassaux sont tous à la tête d'une hiérarchie nombreuse de fonctionnaires et d'employés d'autant plus arrogants et insolents qu'ils sont plus petits ou placés plus bas sur l'échelle hiérarchique.

Le capitulaire de Kiersy avait partagé la population française en deux grandes classes :

1° Les Seigneurs ou Nobles ;

2° Les Serfs ou Vilains.

La constitution de l'an VIII a partagé, et la constitution de 1875 a maintenu le partage de cette même population française en deux grandes classes :

1° Les Gouvernants ou Seigneurs ;

2° Les Gouvernés ou Serfs.

Le Gouvernement, aujourd'hui semblable aux anciens rois, n'est absolument dans ce nouveau régime féodal, que le chef nominal de cette hiérarchie de Vassaux dont le Député est le véritable suzerain, puisque le gouvernement n'a su se main-

---

(1) Dans l'arrondissement de Digne : 8 sur neuf.

(2)   —   —   Tous.

tenir qu'en abandonnant aux sénateurs et députés ce qui est l'essence même du Pouvoir : la nomination et la direction des fonctionnaires ; la disposition des crédits ; l'initiative des travaux et la distribution des faveurs.

Que pouvons-nous attendre de cet État nouveau ?

— Rien de bon.

Quand les fils, les neveux et les amis des seigneurs seront placés,

Quand les fils, les neveux et les amis de tous les vassaux seront convenablement installés autour de la grande table qu'alimente le budget, qu'aurons-nous gagné ?

Est-ce que la Démocratie aura le gouvernement qu'elle réclame depuis 18 ans et que la Constitution de 1875 ne peut lui donner ?

Sortira-t-il quelque chose d'utile de la brouillade démocratique et parlementaire ?

Ce mélange de suffrage universel et de gouvernement de cabinet nous donnera-t-il une réforme, une seule réforme utile ?

— Non. Il n'en sortira rien. Rien que l'anarchie gouvernementale.

Nos gouvernants ou seigneurs, alors repus et débordés par le déficit, pourront s'écrier avec Louis XV : « Après nous le déluge ! »

Et ils se disent républicains, nos Seigneurs ! allons donc ! ce sont des aristocrates appliquant les anciennes lois d'Athène; ce sont des républicains frappant d'ostracisme quiconque ne pense comme eux, ne dit pas comme eux, et surtout ne vote pas pour eux !

Ils sont suivis dans cette voie par leurs vassaux et par la foule hiérarchique des fonctionnaires et aspirants. Tous se disent républicains, mais ils ne sont républicains que parce qu'ils attendent du Seigneur une place, une fonction ou encore un salaire !

Nous ne sommes pas de ces républicains, nous sommes séparés d'eux par d'invincibles répugnances et par la dignité même de notre républicanisme.

II

Nouveaux Seigneurs féodaux, les députés opportunistes ont compris la situation. Ils ont vu que le pouvoir, la Toute puissance ne s'affermirait dans leurs mains qu'en augmentant le nombre, c'est-à-dire la force de leurs vassaux ; et ils se sont mis à l'œuvre. Le Peuple est une éponge qu'il faut presser. Et l'Opportunisme presse cette éponge depuis dix-huit ans!

En 1876 le territoire était libéré. Le budget était en équilibre. Les recettes, avec 2 milliards, 936 millions présentaient un excédant de 98 millions et avaient pourvu sans emprunt à 132 millions de travaux publics extraordinaires.

Les traitements civils étaient de 280 millions.

Les pensions civiles de 42 millions.

La dette publique était de 24 milliards 579 millions 854 mille 314 francs.

1876 avait amorti 156 millions 700 mille francs sur un emprunt fait à la banque de France pour la liquidation des dépenses de la guerre. La situation, bonne déjà, paraissait devoir s'améliorer et la charge de 80 fr. 40 c. par tête semblait devoir diminuer, mais le nouveau régime féodal allait se mettre à l'œuvre....

De 1879 — première année du budget extraordinaire — à 1891, dernier exercice dont le compte soit arrêté, nos Seigneurs ont augmenté leur armée électorale en doublant la force de leurs vassaux. Autrefois, avec un territoire plus vaste, avec l'Alsace et la Lorraine en plus, 280 millions suffisaient et aujourd'hui avec un territoire moindre il faut 433 millions 389 mille 380 francs pour satisfaire les appétits des vassaux de nos Seigneurs.

Les pensions civiles se soldaient avec 42 millions et aujourd'hui 66 millions ne suffisent pas !

Pour augmenter encore leur armée électorale le peuple paie tous les ans Cinq millions 826 mille francs aux victimes du 2 décembre et du 24 février 1848 : ils ont oublié les victimes des journées de juillet 1830 et celles beaucoup plus récentes de la Commune.

En 1876 — je le répète, avec 2 milliards 936

millions de recettes, le Gouvernement faisait 98 millions d'économies et aujourd'hui le Régime féodal demande au Peuple (éponge qu'il faut presser), 4 milliards 12 millions et les dépenses excèdent les recettes!

De 1879 à 1891 la dette s'est accrue de 7 milliards 80 millions 913 mille 558 francs.

Les dépenses ont chaque année dépassé les recettes de 462 millions.

La charge par tête était en 1869 de 61 francs; en 1876, après la libération du territoire, cette charge était de 80 fr. 40 c. aujourd'hui, en 1893, elle est de 105 francs !

Et le Seigneur député de l'arrondissement de Digne (B.-Alpes) a osé adresser à chaque électeur la phrase suivante :

« C'est l'honneur de la République d'avoir fait « face aux charges écrasantes que lui avait lais- « sées l'Empire. »

Méditez les paroles de M. Joseph Reinach, établissez une comparaison entre son affirmation et les résultats apportés dans nos finances par le nouveau régime féodal, mais ne m'accusez jamais de donner des chiffres fantaisistes. Les chiffres cités plus haut sont extraits du rapport général du 24 décembre 1891 sur le budget de 1892, page 63. Rapport présenté au Sénat.

J'ai donc le droit d'accuser le nouveau régime féodal et je l'accuse en répétant les paroles prononcées à la Tribune le 14 novembre 1886 par

M. Amagat : « **La dissipation opportuniste a
été plus terrible encore pour le pays que la
guerre !**

III

Au onzième siècle les habitants d'une même
ville étaient associés pour la défense de leurs
libertés et de leurs franchises. Ils avaient le droit
de nommer tous leurs magistrats, le droit de
n'être jugés que par des lois et coutumes établies
par eux ; et surtout, **le droit de ne payer d'autres impôts que ceux consentis par eux; ce
régime portait le nom de commune.**
Combien aujourd'hui nous sommes loin des
libertés dont jouissaient les Français du onzième
siècle !
Avons-nous le droit de nommer nos magistrats ?
le droit de n'être jugés que par des lois établies par nous ? et surtout le droit de ne payer
que les impôts acceptés par la commune !
Neuf cents ans plus tard, aujourd'hui, plus
d'un million de citoyens, le Conseil municipal
de plus de dix mille communes; les conseils
généraux de quarante départements ont réclamé
un simple droit égalitaire, celui de ne pas payer
plus que les autres contribuables. Ils réclam-
ment la suppression du principal de l'impôt foncier en s'appuyant sur ce fait indéniable que
la terre paie à l'impôt plus de 30 pour cent de

son revenu pendant que les autres (pas tous), paient à peine 8 pour cent, et ils ne sont pas écoutés.

L'inégalité de la répartition de l'impôt foncier est telle qu'il existe des terres payant au dessous de 1 pour cent de leurs revenus, alors qu'il en est d'autres payant jusqu'à 60 pour cent ! et il n'est pas fait droit à leurs justes et légitimes réclamations.

Le Seigneur du fief Dignois, le député Reinach, disant avoir entendu les réclamations des Serfs de son arrondissement leur apportait le 1ᵉʳ août 1893, cette ironique fiche de consolation :

« *La réfection prochaine du cadastre !* »

Attendre la réfection du cadastre pour obtenir un droit indiscutable, un droit égalitaire que la raison seule devrait accorder ! mais ce Seigneur féodal, récemment arrivé des ghettos de Hambourg ou de Francfort, ignore donc qu'il a fallu dépenser cinq cent millions de francs et travailler plus de cinquante ans pour établir le cadastre actuel qui n'a pas seulement pu servir à la péréquation de l'impôt !

Attendre un demi siècle pour obtenir le droit de ne pas payer plus que les autres ! Seigneur, je suis votre humble Serviteur. Mais à la situation actuelle il faut un prompt et énergique remède.

Où serons-nous, Vous et moi, dans cinquante ans ?

Il faut que les leçons du passé servent aujourd'hui ; il faut que le Gouvernement, à l'exemple des anciens rois qui durent s'appuyer sur les communes pour combattre l'ancienne puissance féodale, il faut dis-je, que le Gouvernement s'appuie sur des communes et des citoyens libres dans un Etat libre s'il veut abattre la puissance du nouveau régime féodal créé par Jules Ferry.

Ce régime a engendré la servitude des communes, la servitude des citoyens et fait du suffrage universel un esclave obéissant à l'œil et au signe du maître.

Gambetta, dont le bras était cependant robuste, a été brisé avant trois mois de Pouvoir par la Féodalité opportuniste dont les lois constitutionnelles ont favorisé le développement et protègent aujourd'hui l'existence.

Devant l'impuissance manifeste du Gouvernement, les citoyens ont dû songer à se protéger eux-mêmes ; la lutte pour la vie devenant tous les jours plus pénible, les citoyens ont dû se grouper et se venir en aide mutuellement. En un mot, la féodalité opportuniste, ne songeant au peuple que pour augmenter les charges qui l'accablent, a mis les citoyens dans l'obligation de se protéger eux-mêmes.

Depuis quelques années la France s'est couverte d'un réseau de Syndicats professionnels et agricoles qui améliorent l'existence et rendent la lutte moins rude. En ce moment même, au moment où j'écris la question sociale va peut-être se résoudre, au Congrès de Grenoble, par l'Union générale des Syndicats de France.

C'est déjà l'Isère, par sa petite assemblée provinciale de Vizille, qui fut, il y a cent ans, le germe de l'Assemblée Nationale qui fit la Révolution Française : Le Congrès de Grenoble sera en 1893 le germe d'une puissance nouvelle : **la coopération.** Puissance qui étouffera l'opportunisme et détruira de fond en comble le Régime Féodal que nous subissons à la fin du 19ᵉ siècle.

La réunion de Grenoble arrêtera les progrès de plus en plus menaçants du collectivisme d'Etat.

Par l'union générale de tous les syndicats, le peuple aura en mains un instrument de paix et de progrès et, plus tard, l'histoire impartiale dira que la réunion, en octobre 93, du **Congrès de Grenoble** a été le germe de la Liberté et de la Justice fraternelle dans la République vraie.

IV

Au commencement du 19ᵉ siècle, l'oligarchie anglaise a vaincu par son or et par le sang des peuples coalisés les grands principes de la Révolution. Elle a triomphé du Génie de la Liberté et du Génie des batailles au prix de Vingt milliards **316 millions !**

A la fin de ce même 19ᵉ siècle un nouvel enne-
mi (1) triompherait-il (avec notre or) du Génie de la
Liberté ?

Avec notre propre sang, l'oligarchie opportuniste
vaincrait-elle les grands principes de la Révolution Française?

Il en est temps, Peuple réveille-toi !

Demande au Gouvernement de gouverner, de
faire cesser les déprédations et les gaspillages ; ou
bien cesse de te plaindre.

Dis au gouvernement que l'opportunisme, greffé
sur la Juiverie et la Franc-Maçonnerie, le fait
assister impuissant à la ruine de nos finances et
à l'effondrement de l'édifice social.

Peuple, dis-lui encore que la Force, à laquelle
il a recours sans cesse pour garantir l'Ordre et
la Tranquillité publiques, est beaucoup plus de
nature à engendrer la Servitude que l'Obéissance ;
dis-lui d'avoir la Force pour la défense de la Patrie menacée et la droite Raison pour gouverner.

La droite Raison n'est jamais en désaccord avec
la Vérité ; or, l'opportunisme ayant toujours caché
la vérité au pays, est obligé de recourir à la Force
pour se maintenir au Pouvoir et se faire obéir.

Dis-lui aussi que le berceau de la Société est
dans la famille et non ailleurs ; que c'est dans
l'enceinte du Foyer que se préparent les destinées
de l'Etat ; qu'en vertu du droit naturel il appar-
tient aux parents d'élever les enfants auxquels

---

(1) La Féodalité opportuniste.

ils ont donné le jour ; que ce n'est qu'en trouvant au foyer domestique les règles d'une vie vertueuse que le salut de la société, dont dépend celui de l'Etat, sera garanti : L'enfant devenu homme saura obéir ; et, sachant obéir, il saura commander si ses concitoyens l'appellent au dangereux honneur de les représenter.

Le nouveau régime féodal que nous subissons a fait élever de toute part des clameurs contre la Vérité, l'art de connaître le vrai est devenu plein de difficultés, l'intelligence est tirée de tous côtés par la variété des opinions. Elle est le jouet des impressions et, si l'on y joint encore l'influence des passions, l'intelligence diminue et devient incapable de saisir la vérité.

C'est alors que l'Opportunisme agit.

C'est dans un de ces moments d'affaiblissement intellectuel que dans l'arrondissement de Digne, où le favoritisme est débordant, un homme rallié à la France depuis douze ans à peine, qui était sujet prussien quand le roi de Prusse écrasait la France sous le talon de sa botte ; c'est, je le répète, dans un de ces moments d'affaiblissement intellectuel qu'un sénateur a présenté et a fait accepter comme un patriote ardent, comme un républicain sincère et une lumière gouvernementale le Juif-allemand que les Bas-Alpins ont fait Seigneur dans la féodalité opportuniste.

De 1889 à 1893 on a pu voir ce Prussien rallié à la France fouler aux pieds le suffrage universel, outrager par ses écrits, à la face de l'univers, tout ce qui nous reste de sacré : l'armée et ses chefs. On a pu voir ce législateur cherchant à nous enlever la liberté de penser et d'écrire et, fidèle aux mœurs de sa race, encourager, dans *La République Française*, par ses écrits salariés, le placement des valeurs à lot du Panama.

On a pu voir encore le nom de ce Seigneur : « résumer un jour pour la France, tout le scandale « des consciences achetées et vendues, toutes les « infamies des concussions officielles. » (F. Sarcey).

On a pu voir cet homme, dont le nom est couvert d'une tache ineffaçable, se présenter encore devant le suffrage universel qu'il méprise et obtenir un succès électoral des plus brillants : Plus de 7,000 citoyens sur 11,000 portaient au pouvoir le nom taré de Reinach !

N'est-ce point encore dans un de ces moments d'affaiblissement intellectuel, dans un de ces moments où l'influence des passions aveugle l'intelligence, que le même sénateur a obtenu les signatures des conseillers (généraux et d'arrondissement) auxquels il confiait la honteuse besogne d'assurer la réélection de son protégé, par tous les moyens en leur pouvoir.

Pour l'honneur de la Chambre et pour l'honneur bas-alpin, qui me sont chers, je croirai toujours les yeux de l'intelligence des 7,000 électeurs qui ont porté au pouvoir le nom de Reinach atteints de cécité dans la journée du 20 Août 1893.

V

En France on se résigne à tout, on accepte tout, parce qu'on est fatigué par les luttes. On accepte sans discussion tous les faits accomplis, qu'ils portent les noms de Coup d'Etat, Tonkin ou Panama ; peu importe. Pourvu qu'on laisse le paysan tranquille, que la récolte soit abondante et que les produits trouvent un écoulement rémunérateur, le peuple ne troublera point la sécurité de nos dirigeants, de nos nouveaux Seigneurs.

Dans l'arrondissement de Digne comme presque partout en France, le peuple ressemble (par comparaison) à ce cheval aveugle qui fait mouvoir une machine en piétinant sur place, ou encore, en tournant dans le cercle dont la corde de son licol détermine le rayon. Le pauvre animal harassé de fatigue à la fin de la journée, aura marché longtemps sans faire un pas en avant, sans gagner un pouce de terrain ; mais la machine — bonne ou mauvaise — aura fonctionné.

La Féodalité Opportuniste n'a qu'un but, un seul, conserver la machine qui fait son pouvoir (1). Elle ne s'inquiète de l'avenir que pour assurer périodiquement la réélection des Seigneurs et des vassaux. C'est en faisant tourner les électeurs et les vassaux, dans un cercle vicieux que, depuis nombre d'années, la Féodalité opportu-

---

(1) Les lois constitutionnelles de 1875.

niste atteint sûrement le but profondément égoïste qui la caractérise.

Ses moyens sont simples, bien simples : Le Suzerain, chef nominal de toute la hiérarchie féodale donne ses ordres au Préfet centralisateur ; et celui-ci fait rayonner les instructions, les ordres dans les différentes branches de ce Tout ce qui a nom : **Administration.**

Les Seigneurs, sénateurs et députés, donnent leurs instructions secrètes aux Conseillers des divers corps élus et l'armée électorale manœuvre avec ensemble et avec précision. L'argent, ce nerf puissant de la guerre, abonde, assure l'élection et le maintien du régime sans penser à l'avenir.

Qu'importe l'avenir ? « Après nous le déluge! » Est-ce que les opportunistes se sont jamais inquiétés du péril que courait la Société? Se sont-ils émus, nos Seigneurs, du péril plus grand encore qui menace la Patrie Française? Est-ce que le député de Digne (encore sujet du roi de Prusse, en 1877) s'est jamais occupé de notre défense nationale autrement que pour affirmer que les deux tiers de nos vieux généraux étaient des invalides ou des incapables ? Ce sont cependant ces vieux généraux qui ont créé, formé et dressé l'armée actuelle; armée qui tient en respect les armées coalisées de l'Allemagne, de l'Autriche et de l'Italie !

Pendant que j'écris ces quelques lignes l'Escadre Russe vient donner à la Patrie Française une grande preuve de son sympathique attachement.

J'ai senti vibrer à Marseille le sentiment patrio-
tique qui anime la Nation entière. Profondément
ému, en saluant l'amiral Avellan, j'ai vu la grande
nation Russe empêcher l'Allemagne de fondre
sur nous en 1875, époque à laquelle M. Reinach
n'était point encore rallié à la France.

L'Histoire m'a rappelé qu'en 1814, lors de la
deuxième invasion, l'Europe voulait notre écrasement et que la Russie l'empêcha ; qu'en 1815,
au Congrès de Vienne, on voulut dépecer la
Patrie française et que la rivalité de nos ennemis
nous sauva de la destruction.

L'arrivée à Toulon de l'Amiral russe Avellan à
la tête de son escadre, m'a montré la Triple
Alliance prête à fondre sur nous et les Seigneurs
Opportunistes incapables ou impuissants.

En nous tendant les bras, le Peuple Russe sem-
ble vouloir rappeler à nos Seigneurs que la Triple
ou quadruple alliance n'attend qu'une occasion
pour donner à la Belgique nos départements du
Nord et du Pas-de-Calais.

Les Belges parlent notre langue et, en bon
français, apprennent à leurs enfants que les ducs
de Brabant sont les héritiers des anciens ducs de
Bourgogne, de Philippe le Hardi dont le royaume
allait du Zuyderzée à la Somme.

Les territoires de l'Alsace et de la Lorraine
n'ayant point satisfait les appétits du Germain,
dans le partage de notre patrie, la Bourgogne et
la Champagne forment, d'ores et déjà, l'apanage

héréditaire du Kronprinz d'Allemagne qui prendra le titre de roi de Lorraine ou de Bourgogne.

L'Italie — Nation sœur pour laquelle nous avons si généreusement versé notre sang — l'Italie franchira les Alpes et s'étendra jusqu'au Rhône ; l'Espagne s'étendra jusqu'à la Garonne ; la Suisse viendra jusqu'à la Saône pendant que la perfide Albion plantera son pavillon sur la Normandie et sur la Bretagne.

Le reste s'appellera la **France opportuniste !**

C'est avec cette lugubre image de la Patrie anéantie devant les yeux qu'en 1892 je m'écriais dans une réunion publique : « Sous peu de jours toutes les communes de France vont être appelées à réélire leurs municipalités, après ces élections viendront les élections au Conseil général.

« En 1893 la Chambre sera arrivée au terme de son mandat ; en janvier 1894 le renouvellement partiel du Sénat aura lieu et en décembre de la même année l'Assemblée dite Nationale devra élire un Président de la République.

« Êtes-vous satisfaits ? Le nouveau régime féodal sous lequel vous gémissez est-il ce que vous attendiez de la République ? »

« Sans connaître votre réponse laissez-moi vous rappeler qu'avec les mœurs électorales actuelles les premières élections, les élections municipales feront toutes les élections suivantes.

« Si vous voulez changer l'état actuel des choses, si vous voulez dans l'État républicain un Gouvernement soucieux de vos intérêts et à la fois capa-

ble de sauver nos Finances d'une banqueroute
prochaine ; capable de sauver la Patrie du danger
très grand qui la menace et capable aussi de
reconstituer sur des bases solides l'édifice social
fortement ébranlé ; choisissez vos premiers repré-
sentants parmi des hommes libres et indépen-
dants. Choisissez vos maires et conseillers muni-
cipaux parmi les républicains et non parmi *les
opportunistes*. Prenez des hommes capables d'im-
poser leurs volontés à tous les candidats qui se
présenteront à vos libres suffrages : Plus d'étrangers, plus de Juifs-Allemands, plus d'Opportunistes ! »

J'ai été entendu et compris par les Opportunistes ! Mais par les opportunistes seulement
— Seigneurs et vassaux, tous se sont mis à l'œuvre pour protéger l'armée électorale menacée
dans sa base ; ils ont fait avorter mes projets,
conservé le pouvoir et maintenu le peuple dans
l'esclavage.

Que le peuple cesse donc de se plaindre ; c'est
lui qui l'a voulu en 1889 et qui l'a voulu encore
en 1893.

VI

Certain professeur que mes contemporains
peuvent se rappeler, nous disait un jour : « *Il n'y
a point d'effet sans cause, et, il n'y a point de cause
sans effet,* » puis suivait une longue et cer-

tainement très savante démonstration à laquelle j'eus le malheur de ne rien comprendre. Le professeur m'expliqua la chose plus clairement : Il appliqua sur ma joue un soufflet vigoureux et retentissant. Comme je le regardais surpris, le professeur dit : « *Votre inattention et ma main, voilà la* **cause**. *Le bruit que tous ont entendu et la douleur que vous avez ressentie : voilà l'***effet** !... » J'avais compris.

Si j'applique à notre état politique actuel la *touchante* démonstration de mon professeur, je trouve la principale cause des maux dont nous souffrons dans l'impuissance même de nos lois constitutionnelles ; cette impuissance a eu pour effet *l'opportunisme* et l'opportunisme a eu pour effet *l'État féodal* au sein de la République.

Comme moi vous avez vu nos sénateurs et députés à l'œuvre. Comme moi, vous avez vu le sénateur dignois, que j'appelle *Grand Électeur Féodal*, écraser les électeurs en portant aux extrémités du pays le poids de notre centralisation excessive.

Vous l'avez vu en 1888, 1889, 1892, 1893 (1) user son influence, compromettre, même la dignité du sénateur pour placer dans les municipalités, dans les conseils d'arrondisement, au conseil général et à la Chambre des Députés des hommes étrangers non seulement au département

---

(1) Et sans aucun doute bien avant 1888, mais je ne puis parler que de ce que j'ai vu moi-même.

mais à la France ; des hommes dévoués, non pas à la République dont il se moque, mais à l'Opportunisme et au régime féodal qui en est issu.

Le Grand Electeur, partout où il se rencontre, est une cause dont l'effet a été, est et sera le maintien du Régime féodal actuel par le maintien même du Grand Electeur chargé d'assurer la réélection de tous ses mandats. Voilà le cercle vicieux dont j'ai parlé plus haut et dans lequel nous tournerons jusqu'à l'effondrement de l'édifice social, la ruine des finances et la perte de la Patrie Française !

Un mal dont on connaît la cause est facilement réparable : « Supprimez la cause vous détruirez l'effet », me disait encore mon professeur.

A l'œuvre donc pour supprimer le Grand Electeur partout où il existe. Unissons-nous dans un suprème effort et la victoire sera à nous.

L'arrondissement de Digne compte 3,669 citoyens que la corruption n'a pu atteindre, que la corruption n'atteindra jamais : Honneur à ces vaillants ! qu'ils s'unissent, qu'ils forment une société, un comité républicain libéral anti-opportuniste régulier et le succès sera pour toujours assuré à la République.

En effet, si chacun des membres de ce comité fait seulement un adhérent, un seul adhérent — la chose est facile parmi les parents et les amis — le comité disposera en tous temps de sept

mille trois cent trente huit voix et l'arrondissement ne compte que 13,420 électeurs inscrits,
environ onze mille votants !

Unis nous aurons bientôt fait disparaître les
causes de nos souffrances. Ce faisant, nous
aurons travaillé pour le bien du Pays, pour le
bien de la République et contribué à sauver la
Patrie : Il n'y aura plus en France ni serfs, ni
seigneurs. Il n'y aura que des citoyens libres
dans la commune libre; que des communes libres
dans l'État libre. Nous aurons ainsi recouvré
la Liberté dans le droit.

La Nation, en possession de ses destinées, se
donnera une constitution répondant à son Génie.
Elle reviendra au principe tutélaire de la sépara-
tion des pouvoirs et alors, mais alors seulement,
la République libre, fière à l'intérieur et respec-
tée à l'extérieur sera secourable pour les travailleurs et pour ceux qui souffrent; Juste envers
tous, Elle pourra effacer par une large amnistie,
jusqu'au souvenir de nos luttes fratricides et de
nos discordes.

A bas l'Opportunisme et le Régime féodal qui
en est issu et

Vive la République !

L. IMBARD.

EN VENTE :

DIGNE

Chez M. GIRAUD, imprimeur.
Au Kiosque GROUILLER.

AIX

Chez M. MARTINET, sur le Cours.

MARSEILLE

Chez M. Marius GAUCHON, Kiosque n° 3, à
côté de l'Alcazar.

———————————

www.ingramcontent.com/pod-product-compliance
Lightning Source LLC
Chambersburg PA
CBHW072300210626
46818CB00017B/1933